Ar Shiúl le Daoine Maithe

Away with the Fairies

To Niamh,
I hope you enjoy the story!
Maeve Tynan

Maeve Tynan
Léaráidí le Carles Casasín

An Chéad Chló 2012, MÓINÍN
Loch Reasca, Baile Uí Bheacháin, Co. an Chláir, Éire.
Fón / Facs (065) 707 7256
Ríomhphost: moinin@eircom.net
Idirlíon: www.moinin.ie

Tá MÓINÍN buíoch de
Fhoras na Gaeilge
as tacaíocht airgeadais a chur ar fáil.

Foras na Gaeilge

Tá taifead catalóige i leith an leabhair seo ar fáil i Leabharlann Náisiúnta na
hÉireann agus i leabharlanna éagsúla de Ollscoil na hÉireann.

Tá taifead catalóige CIP i leith an leabhair seo ar fáil i Leabharlann na
Breataine.

ISBN 978-0-9573659-0-2

Dearadh Téacs agus Léaráidí le Link Associates

Dearadh Clúdaigh, bunaithe ar léaráid de chuid Carles Casasín,
le Link Associates

Arna phriontáil agus cheangal ag Clódóirí Chois Fharraige, Indreabhán,
Co. na Gaillimhe

Ar Shiúl leis na Daoine Maithe

Away with the Fairies

Déanann Billí Goibín dearmad ar GACH AON RUD beo!

Billy Gubbins just can't remember ANYTHING. He has a head like a sieve.

Inniu, rinne sé dearmad an obair bhaile a dhéanamh. Rinne sé dearmad bia a thabhairt dá iasc órga, Oisín. Rinne sé dearmad an banana dubh brocach a bhaint as bun a mhála scoile.

Today, he forgot to do his homework.
He forgot to feed Oisín - his goldfish.
He forgot to take the squashed banana out of his schoolbag.

Uaireanta bíonn Billí i dtrioblóid toisc é a bheith dearmadach. Deir an Máistir Ó Suibhne go gcaithfidh sé línte a scríobh amach ar an gclár bán. Tá smut ar Oisín leis. Agus tá Mam ar deargbhuile leis nuair a fheiceann sí an mála scoile brocach. "Ucchh, banana dubh lofa!" ar sí.

Sometimes, being forgetful gets Billy into B-I-I-I-G trouble. Mr. Sweeney makes him write lines on the whiteboard. Oisín is in a huff. And Mam is annoyed when she finds the slimy black banana in his schoolbag.

"Féach an brocamas seo!" arsa Mam. "Cén diabhal atá ort, a Bhillí? Cén fáth go bhfuil tú chomh dearmadach is atá?"
"Huth!" arsa Daid. "Dearmadach, an ea! B'fhéidir go bhfuil sé ar shiúl leis na Daoine Maithe."

"What a mess!" says Mam. Why are you always forgetting things, Billy?"
"Huh!" says Dad. "You must be away with the fairies."

Tá Billí bocht buartha mar go bhfuil gach éinne míshásta leis. An Máistir, Oisín, Mam agus Daid. Suíonn sé ina aonar ag bun an staighre agus lagmhisneach air. "Bhuel, b'fhearr liom a bheith ar shiúl leis na Daoine Maithe ná a bheith anseo, ar aon chaoi," ar sé go híseal.

Billy is upset because everyone is annoyed at him, Mr. Sweeney, Oisín, Mam and Dad. He sits all alone at the bottom of the stairs. "I wish I was away with the fairies!" he says, sadly.

Níos déanaí, nuair atá Billí ina chodladh go sámh suan, cloistear *POP* ollmhór sa seomra. Dúisíonn sé de phreab, agus sin roimhe sióg ina sheasamh thíos ag bun na leapa. "Ó, a Mhama!" arsa Billí, le méid an iontais atá air. "Seo-seo, tarra uait, a Bhillí!" arsa an tsióg. "Déan deifir nó beimid déanach."

Later, when Billy is fast asleep, there is a sudden and very loud *POP* in his bedroom. Billy awakens with a start, and there, standing at the end of the bed, is a fairy. He has pointy purple shoes and a cheeky grin on his face. "Come on, Billy, get a move on," he says. "Hurry up. We're going to be late."

"**A**ch, c- c- cé tusa?" arsa Billí, go stadach staonach amhrasach. "Mise! Cé mise, an ea?" arsa an tsióg. "Is mise Orin Sióg. An bhfuil tú réidh chun teacht liom?" "R- r- réidh chun teacht leat!" arsa Billí. "Ach cá bhfuilimid ag dul?" "Ag dul ag an bhféasta, ar ndóigh," arsa Orin. "Nach tusa a bhí á rá go raibh tú ag iarraidh a bheith ar shiúl leis na Daoine Maithe?"

"Wh- wh- who are you?" asks the startled Billy. "Me! Who am I!" says the fairy. "I'm Orin. Now, are you ready to go?" "Go!" says Billy. "Where are we going?" "To the fairy feast, of course," says Orin. "You did say you wanted to be away with the fairies, didn't you?"

Tá sceitimíní áthais ar **Bhillí** nuair a chloiseann sé seo. Féasta lucht sí! Féasta lucht sí! Leanann sé **Orin** síos an staighre, agus amach an doras tosaigh leis ina dhiaidh.

Billy is very excited when he hears this. A fairy feast! A fairy feast! He hops up, then follows Orin down the stairs and out the front door.

"Téana ort!" arsa Orin.
Beireann an tsióg greim daingean ar lámh Bhillí agus ritheann siad le chéile fad na sráide síos.

"Come on, come on!" says Orin.
He grabs Billy by the hand, and together they run down the street.

Ritheann siad thar an siopa milseán. Ritheann siad thar an pháirc imeartha. Ritheann siad thar an eaglais. Ritheann siad suas cnoc na tulaí móire.

They run past the sweetshop. They run past the park.
They run past the church. They run up the big hill.

"An tulach mhór!" arsa Billí. Cén fáth go bhfuilimid ag dul suas na tulaí móire, a Orin?"

"Ní gnáth-thulach í an tulach mhór," arsa Orin. "Lios na Sióga atá ann, a Bhillí. Féach," ar sé, agus síneann sé méar uaidh. Feiceann Billí doras beag atá déanta de adhmad. Osclaíonn siad an doirsín agus isteach leo.

"Why are we going up the hill, Orin?" asks Billy.
"That's not any old hill, Billy," says Orin. "It's a fairy fort. Look!" he says, pointing. Billy looks. He sees a tiny wooden door in the hill. Then he opens the door and they both step inside.

Tá an lios i bhfad níos mó istigh ná ar an taobh amuigh. Feiceann Billí lampróga - cuileoga solais - ag eitilt tríd an aer. Tá siad ag damhsa agus ag déanamh gach sórt pátrúin solais. Agus tá ceoltóirí sí sa chomhluadar.

The fairy fort looks much bigger on the inside. Billy sees fireflies whizzing through the air, weaving magical patterns and making the light dance. And there are fairy musicians playing instruments of every kind.

Tá an ceol is binne dar chuala Billí riamh á sheinnt acu.
Tá Billí faoi dhraíocht ag imeartas an cheoil.

They play the most beautiful music Billy has ever heard. And he claps along to
the rhythm.

Agus sin roimhe iad lucht sí, agus iad ag damhsa ina gcéadta. Tá cuid acu ag valsáil tríd an aer. Déanann cuid eile acu rothlú i lár an aeir.

There are hundreds of dancing fairies. Some are waltzing in mid-air. Some are doing crazy somersaults.

Agus casann roinnt eile díobh timpeall arís agus arís eile. **Ó, a dhiabhail, tá meadhrán cinn ar Bhillí agus é ag breathnú** orthu.

Some are spinning around and around and around ... Billy is getting dizzy looking at the magical fairy dancing.

Níl Billí in ann an damhsa draíochtúil sí a dhéanamh. Mar sin, cumann sé a dhamhsa speisialta féin. Croitheann sé é féin mar a bheadh glóthach ann. Preabann sé san aer mar a dhéanfadh cangarú. Tosaíonn sé ag lapadaíl ar nós lachan. Ansin preabann sé ar leathchois agus lámh amháin san aer aige.
"Is mór an chraic ar fad é seo," ar sé.

Billy can't do magic dancing like the fairies, so he makes up his own moves. He shakes himself like jiggly jelly. He bounces like a kangaroo. He waddles like a duck. Then he hops on one leg, holding one hand in the air.
"This is mighty craic," says Billy.

Tá Orin sna trithí gáire agus é ag breathnú ar Bhillí. Tosaíonn an tsióg ag déanamh aithrise ar an mbuachaill. Ní fada go mbíonn lucht sí uile ag iarraidh an damhsa nua a fhoghlaim.

Orin is in stitches as he looks at Billy's funny dancing. He starts copying his young friend. Soon, all the fairies are trying to learn the new dance.

"A Orin," arsa Billí, "go raibh míle maith agat as mé a thabhairt anseo. Is í seo an chóisir is fearr dá bhfaca mé riamh. Agus is tusa an cara is fearr dá raibh agam riamh."
Ach tá cuma bhrónach ar Orin.

"Orin," says Billy, "thanks for bringing me here. This is the best party ever and you are my best friend ever."
But, for some reason, Orin looks sad.

"**B**a chóir dúinn imeacht anois, a Bhillí," ar sé.
"Fan ort go fóill beag, a Orin," arsa Billí go gealgháireach.
"Tá an chraic go hiontach anseo."

"Maybe we should go, Billy," he says.
"Oh no, not yet, Orin," says Billy, laughing. "This is great fun!"

Leis sin, tagann sióg mhór isteach sa slua agus suíonn sé. Tá coróin óir ar a chloigeann aige.

"Is mise Rí na Sióga," ar sé. "Fan linn le haghaidh féasta na hoíche anocht, a Bhillí Goibín."

Then a fairy with a gold crown walks in and sits.
"I am the Fairy King," he says. "Join us in our feast, Billy Gubbins."

Tá ocras an domhain ar Bhillí tar éis na siamsaíochta uile. Ba bhreá leis fanacht le haghaidh an fhéasta mhóir. Ach is ansin a chuimhníonn sé nach bhfuil cead aige an teach a fhágáil ina aonar. Uh-úhh! Beidh sé ina raic. Beidh míle murdar ann! "Go raibh maith agat as ucht an chuiridh, a Shoilse," arsa Billí, "ach caithfidh mé dul abhaile anois díreach."

Billy is very hungry after all the dancing. He'd love to stay. But then he remembers that he is not meant to leave the house on his own. He will be in B-I-I-I-G trouble. "Thank you for inviting me to the feast, Your Highness," he says, "but I have to go home now."

"**D**ul abhaile! Anois!" a screadann Rí na Sióga in ard a ghutha. Ní féidir leat imeacht agus an féasta fós ar siúl." Beireann na sióga eile greim ar Bhillí agus tarraingíonn siad go dtí an bord é.

"Home! Go home!" shouts the Fairy King. "But you cannot leave before the feast." Then, unexpectedly, the other fairies grab Billy and drag him over to the banquet table.

"**A** Bhillí, a Bhillí," arsa **Orin** de chogar leis. "Ná ith den bhia - tá ortha draíochta air. Ná ith de nó, má itheann, ní bheidh tú in ann filleadh abhaile arís. Ní dúirt mé leat é, ach bhí mise i mo bhuachaill óg tráth - díreach cosúil leatsa."

"Billy, Billy, be careful," whispers **Orin**. "The food is enchanted. Don't eat it or you will never be able to go home again. I know, I know, because ... I was once a boy like you."

Tosaíonn na sióga ag ithe agus feiceann Billí go bhfuil fiacla géara orthu. Agus méara crúbacha ingneacha. Tá sé ceangailte leis an spota lena bhfuil d'eagla air.

As the fairies start to eat, Billy notices their pointy teeth and sharp claw-like fingers. He is scared.

"Ith leat, a Bhillí," arsa Rí na Sióga.

Tá Billí i bponc. Ligeann sé air go bhfuil sé ag ithe, ceart go leor. Ach, i nganfhios don Rí, cuireann sé bia i bhfolach ina naipcín.

"Eat up, Billy," says the Fairy King.
Billy is in a fix. He doesn't know what to do. He pretends to eat but, instead, when the King isn't looking, he hides the food in his napkin.

Titeann lucht sí ina gcodladh go sámh tar éis dóibh an béile draíochtúil a ithe.

The magic food makes all the fairies fall into a deep sleep.

Is iad **Billí** agus **Orin** an t-aon bheirt atá ina ndúiseacht. "**Abhaile** leat go tapa, a **Bhillí**," arsa **Orin**.

Only Billy and Orin remain awake.
"Run home quickly, Billy," says Orin.

Síos le **Billí** láithreach ar an urlár, agus é ar a cheithre boinn. **A**ch, a thubaiste na dtubaistí! Tá sé ag lámhacán leis nuair a bhuaileann a ghualainn in aghaidh chuach óir.

Down with Billy on all fours immediately. He is creeping away across the floor when his shoulder accidentally tips against a metal goblet.

Titeann an cuach chun talún agus cling-cleaing uaidh.
Ó, a Mhama! **A**gus, ar ndóigh, dúisíonn na sióga.

It falls, and its metal makes a loud cling-clang against the stone floor.
And, immediately, the fairies all wake up.

Déanann Billí iarracht éalú ach, de chasadh boise, tá lucht sí sa tóir air. Leanann siad é fad na tulaí móire síos . . .

Billy heads out the door and the fairies start chasing him.
They chase him down the big hill . . .

T har an eaglais . . . thar an pháirc imeartha . . . thar an siopa milseán . . . **Ach ní stopann Billí dá rith.**

Past the church . . . past the park . . . past the sweetshop . . . But Billy never stops to look back. He just keeps running.

Faoi dheireadh thiar thall, sroicheann Billí a theach féin. Agus níl lucht sí ag rith ina dhiaidh a thuilleadh. Moillíonn a chroí ina chliabhrach istigh. Tá sé slán sábháilte anois.

And finally, Billy reaches home. And the fairies have stopped running after him. Billy knows they won't chase him anymore. He knows that he is safe.

Is léir ar Mham agus Dhaid go raibh siad buartha.
"A Bhillí, a stóirín!" arsa Mam. "Tá tú ar ais chugainn!"
"Cá háit a raibh tú, a Bhillí, in ainm na Maitheasa?" arsa Daid.

It is obvious that Mam and Dad have been very worried.
"Billy!" cries Mam. "You're back! You're back!"
"Where ever have you been, Billy?" asks Dad.

"**A** Mham, a Dhaid!" arsa Billí, agus léimeann sé suas i lámha a thuismitheoirí. "Creid é nó ná creid, ach bhí mé ar shiúl leis na Daoine Maithe."

"Mam! Dad!" says Billy, jumping up into their arms.
"Guess what! I've been away with the fairies!"

- CRÍOCH -